Y

# LE GRONDEUR.

DE L'IMPRIMERIE DE FAIN.

# LE GRONDEUR.

## SATIRES

SUR

## LES MOEURS ET LA LITTÉRATURE,

## PAR M. M......,

ANCIEN OFFICIER D'ARTILLERIE.

## A PARIS,

Chez {
BÉCHET, Libraire, quai des Augustins, n.º 63.
DELAUNAY, Libraire, Palais - Royal, n.º 243.

1813.

# LE GRONDEUR.

## SATIRE PREMIÈRE.

### MŒURS.

*Mes portraits déplairont par trop de ressemblance.*
CAILHAVA.

Pour un instant du moins fuyons la grande ville.
Quel calme je respire auprès de Romainville !
Sous les panaches verts des bois inspirateurs,
Loin des pédans, des fous, des fats, des imposteurs,
Comme à la liberté me livrant à l'étude,
J'aime d'une forêt la fraîche solitude.
Ah ! dans celles du nord, oublié des méchans,
Que ne puis-je à mon gré suivre mes doux penchans !
Au printems de mes jours, errant dans la campagne,
Je me plûs à bâtir des châteaux en Espagne ;
Et traçant aujourd'hui des scènes à tiroir,
A mon siècle je veux présenter un miroir.

I

Qu'un poëte, à l'aspect des palmes d'Euripide,
S'expose au long regret d'une chute rapide;
Qu'un moderne Virgile, en vers mélodieux,
Exalte les héros et célèbre les dieux;
Que, pour corriger l'homme, un autre Aristophane,
Le frape, en souriant, sur la scène profane :
Du feu de Juvénal mon courroux enflâmé,
Va diriger ses traits contre le vice armé.

C'est une hydre, il faudrait les flèches d'un Hercule,
Mais je saurai du moins cueillir un ridicule.
Pour ceux des femmes... chut! les femmes de Paris
Enchantent tout le monde, excepté leurs maris.
Je rirai sans pitié des époux bénévoles,
Des fournisseurs épais, des procureurs frivoles.
Il n'est plus roturier ce riche publicain,
On lui voit maintenant les armes. . . de Vulcain.
Savez-vous à quel prix et par quelles bassesses
St.-Phard sut amasser ses honteuses richesses?
Comme il possède l'art de tromper les humains!
Personne mieux que lui n'écrira des deux mains.
Volant avec orgueil sur un char qu'on admire,

Du boudoir de Rosme, au boudoir de Thémire,

Il va, singe assez lourd de nos légers marquis,

Se ruiner comme eux avec un goût exquis : ·

Mais, plein de vanité, fier de son opulence,

Il montre un esprit nul, et beaucoup d'insolence.

D'Érival est l'ami de ce nouveau Plutus,

Tout en buvant ses vins, il chante ses vertus.

Je ressemble, dit-il, à mille gens honnêtes ;

St.-Phard est un coquin, mais il donne des fêtes.

Eût-il un cœur de bronze, et le cerveau timbré,

Quel homme est opulent, et n'est pas célébré ?

Du jeune d'Érival la morale est commode ;

Je doute que l'honneur pourtant s'en accommode.

Il joue avec fureur, vante fort ses chevaux,

Ses duels, ses amours, ses dettes, ses rivaux,

Et dans son style, riche en images obscènes,

Il brode sans pudeur les plus galantes scènes.

C'est un être charmant, heureux que d'Érival ;

Dans l'art du calembourg a-t-il aucun rival ?

Chez l'opulent St.-Phard, comme en maison publique,

On voit se présenter toute une république :

Financiers et joueurs, poëtes et commis,
Vingt espèces de gens, excepté des amis.
Dans ce vaste palais le vice parle en maître;
Et les premiers-venus ayant droit d'y paraître,
Vous pourrez, vers l'aurore, au moment du départ,
Aprendre que Lafleur les connut autre part.
Cet hôtel magnifique, où le flatteur se loge,
Où l'autre Amphytrion, enivré par l'éloge,
Trouve de sa grandeur tant de gens convaincus,
Naguère lui coûta cinquante mille écus,
Pourtant il ne vaut pas plus de cent mille livres :
C'est que le maître alors était agent des vivres.
Superbe, en cet asile, au sein des voluptés,
Savourant les doux fruits de ses iniquités;
Il ne l'ouvrira pas au talent, au mérite,
Dont la noble franchise est la loi favorite,
Aux mortels vertueux, de misère assaillis,
L'honneur, la probité n'y sont point accueillis;
Mais l'on y voit Durvil, cher à la médisance,
Vrai tartufe de mœurs, comme de bienfaisance,
Qui se dit généreux par ostentation,
Quand sa misantropie est de l'ambition;

Qui, pour faire oublier sa fortune rapide,
Va, prêchant la vertu d'une voix intrépide,
Et manque avec plaisir au plus sacré devoir :
La loi de l'hypocrite est de n'en point avoir.

Midas, en souriant, reçoit ces intrigantes,
Qui s'expriment toujours en phrases élégantes,
Et vendent un crédit qu'elles n'eurent jamais ;
Ces roués du vieux temps, convertis désormais,
Qui vont à la bouillote au sortir de la messe ;
Ces poëtes charmans, inconnus au Permesse,
Qui font un vaudéville, et se croient bien fameux ;
Ces lâches médisans, ces railleurs vénimeux,
Qui, charmés d'exercer une langue traîtresse,
Frondent ami, parent, protecteur et maîtresse.

Le traitant peut admettre aussi plus d'un bénêt,
Amans de l'équivoque et rivaux de Brunet,
Qui, se donnant carrière en leur sotte manie,
Lancent un jeu de mots comme un trait de génie.
Il accueille Noirval, qui, sous un air tranchant,
Se dit frondeur aimable, et n'est qu'un fat méchant.

Dans ces réunions, des sages redoutées,
Où nos belles du jour, dans le monde citées
Pour leurs jolis travers et leurs vices charmans,
Ruinent leurs époux et trompent leur amans,
L'œil ne rencontre pas ces pesans automates,
Qui, disputant sans cesse en graves diplomates,
Sur les indemnités qu'obtint le stathouder,
Vont avec leur raison se noyer dans l'Oder;
Mais il y trouve Arpin, qui, dans la bonne route,
Pour la troisième fois va faire banqueroute;
Freneuil, riche héritier, plus vain que libéral,
Qui voit un ennemi dans un collatéral,
N'aura pu consentir qu'à regret au partage,
Et vole sur un dé perdre son héritage;
Sélidor, non moins sourd au cri du sentiment,
Qui d'un habit de deuil s'est revêtu gaîment,
Et, ne redoutant pas d'outrager la nature,
Voit dans la mort d'un père une heureuse aventure.

Chez notre Turcaret courent ces étourdis,
Toujours prompts à blesser dans leurs propos hardis;
Ces pédans affamés, effrontés parasites,

A sa dinde du Mans adressant leurs visites;

Ces dames au cœur tendre, au regard masculin,

Versant des pleurs amers au trépas d'un carlin,

Mais qui suivent gaîment un cours anatomique,

Et vont gémir le soir à l'Ambigu-Comique;

Ces fidèles amans, par la dot enflammés,

Qui sont ambitieux dans l'âge d'être aimés;

Ces époux, au-dessus des vaines épigrammes,

Quelquefois très-jaloux, pour renchérir leurs femmes;

Ces traîtres déguisés, qui vont baisant la main

De celui qu'ils voudraient voir enterrer demain :

Tous ces êtres enfin, forcés de vivre ensemble,

Que l'intérêt divise, et que l'ennui rassemble.


Fort bien! me dit Jerseuil, qui m'écoutait gronder,

Comme un fier Juvénal mettons-nous à fronder :

Ouvrons ici tous deux un cours de médisance...

— Jerseuil, pour nos travers je sais ta complaisance.

Oui, j'aime à censurer. Mais, ce goût, diras-tu,

Sent la misantropie, et non pas la vertu :

Ne soyons pas de ceux dont l'espoir chimérique

Est de venger les mœurs par un ton satirique,

Bavards insidieux, plus méchans que railleurs,
Déchirant les humains pour les rendre meilleurs.
Sur leurs nombreux défauts parfois je me récrie,
Mais c'est toujours gaîment que ma voix les décrie.

— Je t'aprouve sans peine, et n'ai pas le projet
De verser à grands flots du fiel sur mon sujet.
Souvent le misantrope, en ses plaintes bruyantes,
Donne un sens criminel aux choses innocentes.
Pourtant je suis pétri des préjugés gaulois :
Suivant de nos aïeux les mœurs, les goûts, les lois,
Méconnaissant le prix d'un nouveau ridicule,
Et n'observant jamais quelle mode circule,
Je ne ressemble guère à ces gens doucereux
Pour qui le frondeur juste est un fou dangereux...

— Parodiste d'Alceste, avec quelle énergie
Tu traces mon portrait, et ton apologie !
— Plus que jamais, Jerseuil, fronder est de saison :
Je veux du sexe même éclairer la raison.
— Il aime assez l'audace et la gaîté méchante;
Le madrigal lui plaît, l'épigramme l'enchante.

Ah! l'amour pur et vrai qu'on a pour la beauté,
Sans émouvoir son cœur, charme sa vanité :
Plus le sexe a de droits et plus il en abuse ;
Qui l'adore est esclave, est heureux qui l'amuse.

— Mon mal te gagne enfin, et tu grondes aussi.
— Près des belles ce ton m'a souvent réussi.
Mais je voudrais, du sage imitant la coutume,
Critiquer sans humeur, fronder sans amertume.
— Bien ! je vais désormais vanter les mœurs du jour,
Prouver que des vertus Paris est le séjour,
Que l'honneur n'est point rare au pays où nous sommes :
Naguère un commerçant qui devait maintes sommes,
Qu'au temps des assignats il aurait pu verser,
En bons écus tournois vient de les rembourser...
D'un adroit financier probité fastueuse !
Peut-être, loin d'avoir une âme vertueuse,
Cet homme-là ne veut qu'augmenter son crédit.

Mais, je crierai tout haut, sans être contredit :
Les nouveaux Turcaret, généreux sans mesure,
Ne s'enrichissent plus par une énorme usure ;

On voit l'homme opulent rempli d'aménité,

Le savant, le poëte exempts de vanité; ·

Entr'elles, franchement, les femmes se chérissent,

Les acteurs ont du goût, les médecins guérissent;

Les gens à préjugés n'en ont plus, à leurs yeux

Une seule vertu vaut un siècle d'aïeux;

Les maris, tourtereaux, leurs moitiés, tourterelles,

Redoutent le divorce, et vivent sans querelles;

La vertu, sans argent, plaît et charme soudain,

L'argent, sans la vertu, ne trouve que dédain.


Ah! vraiment, nous vivons dans un siècle admirable,

Que le frondeur voit seul d'un œil défavorable.

Il pourrait n'être pas par son zèle emporté

A l'aspect du mensonge et de l'impiété;

Mais, censeur indiscret, critique intarissable,

De ses concitoyens il se rend haïssable:

Oui, des plus orgueilleux observant tous les pas,

Il reprend, comme un fou, les défauts qu'ils n'ont pas;

Car la corruption n'est plus si générale;

Nous marchons à l'envi vers la saine morale.

Un laquais parvenu, nommé premier commis,

Vous cite encor son père et ses anciens amis;

Gens de robe, de plume et d'église et d'armée,

Chérissent l'intérêt moins que la renommée;

Nos riches sont polis et pleins d'humanité,

Le sexe de candeur, de sensibilité,

Ce doux présent du ciel devient épidémique,

Et tous les jours on pleure à l'Opéra-Comique.

Plus d'épigramme alors, avec trop de raison,

Dans la plus innocente on verrait du poison :

Je vais, pillant partout de pompeux hémistiches,

Faire des madrigaux, ou bien des acrostiches;

Soutenir sans pudeur qu'un prodige moral

A changé maint avare en homme libéral;

Que même la jeunesse, aujourd'hui très-sensée,

Va rarement au bal, et souvent au Lycée,

Que l'amour de l'étude est son goût dominant....

—Mais, l'on dansait jadis.... —On saute maintenant!

—Misantrope, tu vas protéger Terpsichore?

—Moi? je ne danse plus.... Dans ma jeunesse encore,

Le vieillard honoré sur tout moralisait,

Le jeune homme civil devant lui se taisait.

Sous le respect humain, ce despote sauvage,

L'honneur savait tenir le vice en esclavage;

L'athée ou l'esprit fort, s'il en fut par hasard,

Se gardait de lever le masque ou l'étendard;

L'Amour était heureux au sein de l'innocence,

La douce volupté respectait la décence;

On aimait la vertu, la raison, la candeur,

Et les plus libertins avaient quelque pudeur.


Mais, je pourrais offrir une belle peinture,

Si j'abordais le champ de la littérature....

Quel est ton successeur, siècle du grand Louis!


— Tes yeux de son éclat peuvent être éblouis,

Et ne voir après lui plus rien de suportable;

Mais cette opinion n'est pas incontestable.

Un art brillant s'éclipse, un autre lui survit:

J'admire Terpsichore, Euterpe me ravit....

— Allons, vive la danse, et vive la musique!


— Regarde la Peinture, observe la Physique;

Ose donc, moins frondeur, comme un franc Montausier

Rendre justice à l'art qu'honora Lavoisier;

Voir un prince être seul, sans que ma voix le prône,

César dans les combats, et Trajan sur le trône.

On se plaint de notre âge, on vante le passé,

Que peut-être bientôt nous aurons surpassé....

— Eh! je parle de mœurs, du vice méprisable.

— Ce sujet n'est pas neuf. — Il est inépuisable,

Et, monsieur l'optimiste, on vous le prouvera.

— Où peut-on se revoir? — Au bal de l'Opéra.

# LE GRONDEUR.

## SATIRE II.

### LITTÉRATURE.

*Que de noms immortels périssent dans l'année!*

Dans ce vaste palais de la superbe Armide,
Où l'on ne trouve guère une beauté timide,
L'autre jour, je donnai rendez-vous à Jerseuil.
Il ne tardera point à paraître.... Du seuil
Jusques dans le foyer, la foule m'environne.
Masques, le dieu falot des fils de la Garonne
Vous a promis la joie, ou du moins le plaisir ;
Et l'ennui, sur leurs pas, s'apprête à vous saisir.
Au bal, dans cette nuit favorable au mensonge,
Quoique ne dormant pas, vous ferez plus d'un songe.

Lorsqu'au milieu des fous j'invoque la Raison,

Sous ce domino blanc veille la Trahison ;

Ce Romain n'est qu'un fat , que la Sottise imite ;

On voit l'Ambition prendre un habit d'ermite ;

Près d'elle l'Intérêt se dérobe à moitié

Sous les traits de l'Amour ou ceux de l'Amitié.

Cette jeune bergère a trente ans de veuvage ;

Un gastronome lourd se déguise en sauvage ;

Cet habit d'Arlequin recèle un courtisan ;

Je vois un procureur dans ce bon paysan.

La coquette est vêtue en madame Pernelle ;

Un poëte tragique est en polichinelle.

Ce superbe traitant s'habille en capucin ;

Dans ce garçon meunier, je trouve un médecin

Qui guérit tout le monde , excepté les malades.....

Dans une ci-devant marchande de salades ,

Est la fameuse Eglé , femme d'un fournisseur,

De trois ou quatre époux trop heureux successeur.

En derviche paraît un ami d'Epicure ;

Ce marchand, que Momus travestit en Mercure,

Peut-être , mieux encor, va ressembler demain

A ce dieu qui s'enfuit une bourse à la main.

Mais j'aperçois pourtant mon jeune philantrope.....

—Le premier dans ces lieux déjà, chér misantrope!

— Exact au rendez-vous que je t'avais donné....

— Dix heures, cependant, ont à peine sonné.

Ton esprit délicat, riche dans ses peintures,

Voudrait-il s'exercer sur des caricatures?

—Le beau monde céans n'arrive... — Qu'à minuit.

— J'abhorre le fracas, et la foule me nuit;

Jerseuil, retirons-nous dans une de ces loges:

Pour te plaire, je vais m'y répandre en éloges,

Sur les plus fous bientôt je les ferai pleuvoir.

— Sans être curieux, je désire le voir.

—La plupart va rester.... — Où? — Sous le parapluie.

Quand on médit des sots, rarement on s'ennuie:

Mon cher, en attendant les grands originaux,

Parlons de nos auteurs fameux.... dans les journaux.

J'aperçois justement un de leurs coryphées:

Trois poëmes, parbleu, composent ses trophées.

Avec sa tragédie, un beau soir il tomba;

Mais ses œuvres du moins restèrent.... chez Barba.

Plus d'un superbe amant des nymphes d'Aonie,

N'a que de la mémoire, et se croit du génie.

Tel, dans plus d'un roman, veut peindre la vertu,

Qui, comme un long procès, désespère Dentu.
Je ne dis point cela pour ce poëte aimable,
Dont on prône en tout lieu la grâce inexprimable :
Son style est descriptif, pur, brillant, noble et chaud...
Pourtant il a manqué de ruiner Michaud.
Stentors de l'Hélicon, qui ne savez que braire,
Faites gémir la presse, et non pas le libraire.

Grâce au ciel, des auteurs épuisant le grenier,
Les libraires n'ont mis au jour le mois dernier,
Que huit ou dix ana, vingt œuvres dramatiques,
Cinq poëmes glacés, douze odes narcotiques,
Quinze romans conçus sous un ciel nébuleux,
Six libelles amers, trois contes graveleux ;
Mais ils nous ont lancé d'une main libérale,
Quatre-vingt-dix chansons, un traité de morale.

— Frondeur !.... avoue au moins, car tu l'as observé,
Que le champ littéraire est partout cultivé.
— C'est évident ; mais l'œil d'une critique vraie,
Pour un épi de blé, voit cent épis d'ivraie.
Dans ce désert superbe, en proie aux myrmidons,

La rose, en pâlissant, croît parmi les chardons.

— Sous dix lustres, un sage a souvent l'air morose....

—Comme un jeune étourdi voit tout couleur de rose.'

— Atteint de la jaunisse, un grondeur.. — Grand merci!

—Prête à tous les objets la couleur du souci.


— Allons, puisqu'il le faut, j'admire la palette

De ces auteurs musqués, ces héros de toilette,

Qui, dans leur prose fade et leurs froids petits vers,

De leurs vives ardeurs glacent tout l'univers...

Quels poëtes, rivaux des poëtes antiques,

Sont dignes maintenant d'éveiller les critiques?

Joignent-ils au grand art de nous intéresser

La plume du génie et le don de penser?...

Vois Durival : pour plaire, avec pompe il rassemble

De grands mots étonnés de se trouver ensemble;

Florvel, Marsan, d'Ervil, ces écoliers si vains,

Qui se logent parmi les premiers écrivains,

Et du seul calembourg connaissent la structure.

Manœuvres ignorans de la littérature,

Entendez-vous Boileau, dans ses doctes leçons,

Vous dire prudemment : Soyez plutôt maçons.

Bah ! si vous en croyez monsieur de Saint-Magloire,
Chaque vers qu'il compose est un pas vers la gloire.

Aussi, le favori de la franche gaîté,
Père de la Meunière et des Amours d'Été,
Vous tare ces auteurs, « dont les muses guindées,
Libérales de mots, mais avares d'idées,
Distique par distique ou quatrain par quatrain,
Vont, mesurant leurs vers, une toise à la main. »

Et tous sont pleins d'orgueil en leur plaisant délire :
Tel vise à l'institut, parce qu'il sait bien lire.
L'autre pour Duchesnois, qui rit de ses couplets,
Frape une tragédie en cinq actes complets.
Empressez-vous d'aller à ce drame insipide,
Qu'a produit en un mois le moderne Euripide,
Car, vingt fois de nos jours, par un funeste sort,
La pièce meurt avant que le héros soit mort.

— Une critique amère à rien ne remédie;
Et nous voyons au moins fleurir la comédie.
— Sans doute! et Dumoustier, Dorat et Marivaux
Ont dans leurs successeurs d'assez dignes rivaux.

Thalie aurait beau jeu pour égayer la scène ;

N'importe ; elle s'attache à singer Melpomène :

Sous un masque de prude , et le cou de travers ,

Je la vois tristement psalmodier ses vers ;

Et dans les siens , remplis d'épithètes sonores ,

Sa grande sœur faisant ronfler des matamores.

Je vois des héritiers de Lekain , de Baron ,

Confondre le Héros avec le Fanfaron ;

Et les spectres hideux , vomis par l'Angleterre ,

Adoptés aujourd'hui d'un indulgent parterre ;

Je vois le vieux Corneille , avec ses vieux Romains ,

Condamner le tragique où nous battons des mains.....


— On aime à décider dans le siècle où nous sommes ,

Et bien légèrement on pèse tous les hommes.

De nos jours, diras-tu , sur un ton magistral ,

L'art dramatique est nul, comme l'art théâtral :

Fénélon , Bossuet , Massillon , Bourdaloue ,

N'ont aucun successeur dont la France se loue.

Moi , je dis : Notre siècle a de grands orateurs ,

Des poëtes vantés , d'excellens prosateurs...

— Ah , diable ! .. — Déroulant ma liste salutaire ,

Citerai-je l'auteur du Vieux Célibataire,

Dont la muse naïve, en ses tableaux charmans,

Fit du marivaudage oublier les romans?

Peindrai-je son rival, rebelle à l'harmonie,

Mais d'un second Térence annonçant le génie ?

Le cygne harmonieux, dont le mâle cerveau

Enrichit l'Hélicon d'un Pindare nouveau?

Le chantre infortuné du Mérite des Femmes ?

Et ce poëte encor, fertile en épigrammes,

Mais qui sut nous tracer le tendre Fénélon,

Sans fiel se vit en butte aux dards de maint frelon,

Et se créant un nom que la gloire décore,

Mérita des amis qui le pleurent encore...

— De ces auteurs, ma foi, le rang fut assez beau,

Et la gloire aujourd'hui s'assied sur leur tombeau.

Pourras-tu me citer, dans la race vivante,

Quatre de leurs pareils, dont Apollon se vante ?

— Dix, s'il le faut encore, au farouche Timon.

Ces sages, de l'état soutenant le timon,

Et d'un prince chéri nous dispensant les grâces,

Daignèrent autrefois sacrifier aux Grâces.

Nymphes du Mont sacré, près de vous j'aperçois
F.....s et L....., R.....t, D..., F......s.


Si, parmi les savans qu'un grand renom précède,
Misantrope, ton cœur révère L......e,
Oseras-tu fronder ces amis des Neuf Sœurs,
Dont les fameux écrits sont les seuls défenseurs ?
Est-il fier, dis-le moi, d'une gloire fragile,
Le chantre des Jardins, le moderne Virgile ?
L'auteur de Marius, celui d'Agamemnon,
De Joseph triomphant au pays de Memnon,
Ne paraissent-ils pas l'espoir de Melpomène ?
Permets que chez Thalie encor je te ramène :
Tu dois y remarquer l'auteur des Trois Maris,
Dont la muse riante a charmé tout Paris ;
Celui qui nous traça le Tyran domestique,
Et dans vingt opéra sut tromper la critique ;
Le peintre vigoureux des Deux Gendres punis,
Qui jamais n'usera les crayons rembrunis.


Parmi les troubadours dont le Pinde s'honore,
Tu sauras distinguer l'amant d'Éléonore,

Le chevalier d'Aline , et l'ami de Zulmé :

Transfuge de Cythère , on le vit enflammé

Pour une palme d'or que présentait l'histoire ,

Et dans ce champ nouveau remporter la victoire.

Un éloge ampoulé doit paraître odieux :

Tu souriras du moins aux chants mélodieux

De ce Barde sensible à la douce harmonie,

Qui du christianisme exalta le génie.

J'improvise un tableau que le goût m'a prescrit :

Il y place l'auteur du Printems d'un proscrit ;

A ton humeur superbe il oppose une digue ;

C....... fut touchant dans son Enfant prodigue.

Lorsqu'il faut moduler , plein d'un feu créateur,

Pour un exploit célèbre un chant triomphateur,

Soudain Apollon même ouvre plus d'une voie

A T....t, d'A.....y, D. C....t, M.......e.


Aristarque sourit à D......t , M...e–B..n ,

Et l'auteur de Candide au gai P.....t L....n :

Clio même avouerait le sage L........e.

Oui , des bons écrivains la race est immortelle ;

Tes longs discours sur eux en vain sont alarmans ,

Et je n'en exclus pas les auteurs de romans.

Oublierais-je celui d'Adèle et Théodore ?

Celui de Malvina, que la jeunesse adore ?

Le peintre de Corinne, au style pur, nerveux ?

Non, leur gloire vivra chez nos derniers neveux.

De vingt noms j'oserais grossir mon catalogue ;

Mais j'ai peur, franchement, qu'un frondeur m'épilogue.


— Tes éloges sont vrais, et les citations

M'ont prouvé que la règle a des exceptions.

Or, je dirai toujours, malgré les Saint-Magloire :

Pour un seul qui l'obtient, trente rêvent la gloire.

Quand tu louais si bien, Jerseuil, tu m'enlevais...

Tous ceux que j'ai drapés n'en sont pas moins mauvais.

Si j'étalais l'ardeur d'un malin journaliste,

De noms aussi fameux je gonflerais ma liste ;

Mais, au lieu de fronder les fous en dominos,

Oserai-je prétendre à l'emploi de Minos ?


— Je ne vois pas le trait, ni la plaisanterie :

Que l'on soit clair du moins si l'on veut que je rie.

— Quand ma muse pesait poëtes et savans,

Elle jugeait les morts plutôt que les vivans.

—Pourtant, on les couronne. — Où donc? — A l'Athénée.

— Que de noms immortels ... périssent dans l'année !

— Ta censure ... — N'a pas épuisé ce sujet ;

Mais, qu'aujourd'hui les mœurs en soient l'unique objet.

# LE GRONDEUR.

## SATIRE III.

### MŒURS.

L'opulence tient lieu de l'honneur qui n'est plus.

Minuit sonne, frondeur, et la foule croissante
Arrête, par degré, ta morale impuissante.
La Folie et l'Amour, la Mode et la Gaîté
Apellent sur leurs pas la douce Volupté;
Cent quadrilles alors que la grâce décore,
Suivent d'un pied joyeux les lois de Terpsichore.
Toujours franc, de Momus tu vois les favoris,
Et ton austérité leur accorde un souris:
Malgré toi, tu te plais à ce spectacle unique...

— Le rire qui m'échape est un peu sardonique.
Ces mortels étourdis qui te semblent joyeux,
Sont ennuyés par tout, et partout ennuyeux.
Pour l'erreur, mon ami, je suis inabordable.

Mais le fracas est grand, l'orchestre formidable;

Et mon esprit captif ne peut se déployer :

Je veux fronder encor : retournons au foyer.

Nous y voilà... Parbleu, dès la première vue,

J'aperçois Florimon. Quelle scène imprévue

Naguère il me donna chez son oncle d'Elcour!

Au bienfaisant vieillard, vois comme il fait sa cour :

Reprenant de Durvil, que souvent il copie,

L'impudence maligne et la misantropie,

Pour dire un mot cruel dont j'ignore le but,

Il aborde son oncle, et, sans autre début :

Peut-on savoir, dit-il, quel jour on vous enterre?

D'Elcour se promenait alors dans son parterre;

Il en chasse un ingrat qui l'avait mérité,

Et, sans moi, dès ce jour, il l'eût déshérité.

—Un ingrat n'est qu'un monstre, et de l'ingratitude

Florimon fit, je pense, une parfaite étude :

J'abandonne à ton fouet cette victime-là.

— Bon, mais que diras-tu de la douce Angéla,

Que j'ai su deviner sous ce domino rose?

— Elle mérite assez ta censure morose.

— On la nomme pourtant le phénix des bons cœurs,

Car, pour le moindre objet elle verse des pleurs.

Tout agace ses nerfs, l'agite, la remue ;

On la quitte attendrie, on la retrouve émue :

L'Apollon du Musée excita son transport ;

Elle pleura, ma foi, la fuite de Duport.

Son boudoir est rempli de portraits taciturnes,

D'objets peints en cheveux, de saules pleureurs, d'urnes.

Elle traîne partout, d'un pas majestueux,

De sa fausse vertu l'attirail fastueux :

Nul, si vous l'en croyez, n'est généreux comme elle.

La gaîté fait frémir ce tartufe femelle,

Qui dit : A la vertu mon cœur est tout entier...

Et son père aujourd'hui se trouve son portier.


— Cette fois, ton pinceau me paraît très-fidèle.

— Des avares du jour veux-tu voir un modèle ?

Comme il craint la dépense, il ne s'est pas masqué.

Juge de son humeur par un trait bien marqué :

Un mien filleul aimait sa nièce très-jolie ;

Il plaît, mais n'est pas riche, et, d'une âme impolie,

D'Orsec, avec mépris, l'a soudain rebuté.

Mais, par moi-même, un jour, il le voit présenté :

— Fonprey vient d'hériter d'une vieille parente,

Lui dis-je, en souriant, dix mille écus de rente.

— Dix mille écus de rente?... — Est-ce encore un vaurien?

— C'est un riche héritier; mais je n'en savais rien!...

Dix mille écus de rente! Ah ! j'ai la certitude

Que monsieur, des vertus fit toujours son étude.

Oh! le bel héritage!... Il doit, avec raison,

Être maître céans comme dans sa maison.

Dix mille écus de rente!... Oui, plus je l'examine,

Plus je trouve à monsieur un air noble, une mine....

Et, la richesse à part, à cet extérieur,

Il doit joindre un esprit d'un rang supérieur...

Dix mille écus de rente!... Ah, vraiment... Quelle somme !

Je suis sûr que monsieur est un bien galant homme. —


— Et l'amant épousa sans peine?..— Oui, mais sans dot.

Jerseuil, en Apollon voit passer ce grand sot,

Qui, long-tems clerc d'huissier dans le ci-devant Maine,

Est ici défenseur, et, trois fois la semaine,

Bravement au Palais plaide pour un écu.

De sa rare éloquence il est seul convaincu :

Pâlissant sur Cujas, abîmé dans l'étude,

Même dans un salon il se croit à l'étude.

Tendre époux d'une Agnès, bravant le préjugé,

Le Cicéron fameux porte un front ombragé.

« Mais au plus haut, dit-il, comme au plus bas étage,

Des époux ce malheur est le commun partage;

Et le plus orgueilleux doit, sans trop d'examen,

Malgré cet accessoire obéir à l'Hymen.

Sans doute, ajoute-t-il, c'est un abus qu'en France

N'ont jamais toléré les lois ni l'ordonnance :

Ce penchant général par le sexe adopté,

Ne trouve dans le code aucune autorité.

A ce, l'homme prudent répond sans amertume,

Qu'il est encor permis, au moins par la coutume. »

Et, tandis qu'il médite, assis dans son bureau,

Ou de sa voix bruyante assourdit le barreau,

Son épouse, avec soin doublant son apanage,

Tous les ans, d'un Amour augmente son ménage.

—Philosophe à la mode, il est peu délicat.

Je le vois s'arrêter près d'un autre avocat

Qui se dit très-célèbre, et dont l'art oratoire....

—Oui, sa voix fait souvent frémir son auditoire.

Plus d'un de ces causeurs, outre la liberté

Qu'ils prennent de tout dire avec impunité,

Font commerce au barreau, comme en une boutique,

Du pathos imposant qui trompe la pratique,

Et font chercher au juge, avec tous leurs factons,

Comme la vérité, la justice à tâtons.

Tous ne sont pas ainsi, mais, pour un Démosthène,

Combien de discoureurs dans la nouvelle Athène!


—Tu raisonnes fort bien pour un frondeur...—Vraiment?

Je ne suis pas, sans doute, un homme à compliment.

Par exemple, Jerseuil, voilà maints hypocrites,

Très-dignes d'amuser de nouveaux Démocrites.

Tu retonnais déjà Melton, d'Olsin, Mervil...

La vertu fait pâlir leur professeur Durvil,

Qui montre la fierté du noble fils d'Anchise.

Tartufe de candeur autant que de franchise,

D'Olsin, faux et rusé, parle à front découvert;

Même au premier venu son cœur paraît ouvert.

Toujours brusque, à l'entendre il chérit la droiture,

Il méprise l'orgueil, abhore l'imposture;

Craint les hommes polis et les complimenteurs,

Et rit de la fortune ainsi que des flatteurs.

Ouverte à l'univers, sa bourse est toujours vide;

Il vous indique au moins un usurier avide;

Par bonté, de vos biens il se rend acquéreur;

Mais Grapin est toujours son digne procureur.

Il n'a pas un ami qui ne doive se plaindre

D'avoir été trompé par ce mortel à craindre,

Dont l'air franc, naturel, cache un cœur froid et vil.

— Jadis, tu l'estimais presqu'autant que Mervil...

— Oh! je sus à la fin juger leurs caractères.

Quant à Mervil, malgré ses dehors moins austères,

Est-il moins hypocrite avec sa probité?

Il vante à tout propos la médiocrité,

Parle d'humble vertu, de bonheur domestique,

Simple, poli, prudent, philosophe pratique,

Comme il prouve partout, dans ses pompeux discours,

Qu'on doit se défier de la faveur des cours,

De l'amitié des grands, de leur reconnaissance!

Il plaint l'ambitieux, avide de puissance,

Et laissant de l'état gouverner le vaisseau,

Il vous cite Sénèque, et Montaigne et Rousseau.

Faites-lui remarquer pourtant que sa conduite

De ces maximes-là n'est pas toujours la suite;

Qu'il n'est pas d'audience ou de cercle paré

Où l'on ne le rencontre en costume doré;

Il donne un grand motif à cette inconséquence :

Le besoin d'obliger produit son éloquence,

Et le guide à la cour, qu'il s'était interdit;

Pour les autres enfin il use son crédit.

Du philantrope adroit ne soyez pas la dupe :

Une place est vacante, et d'Ormeuil s'en occupe;

Il le dit à Mervil, qui, son meilleur ami,

Promet bien de ne pas le servir à demi.

Notre homme, dans son zèle et son ardeur extrême,

Sollicite la place et l'obtient.... pour lui-même.


— Ta censure, peut-être, épargnera Melton?

— Vivant comme un Pétrone, il a l'air d'un Caton.

Ne pouvant se targuer d'une morale impie,

Il prend le noir manteau de la misantropie

Pour dérober aux yeux ses indignes travers,

Et déclame tout seul contre tout l'univers.

Quand il ne vous dit mot, son air vous désoblige ;
Souffre-t-il qu'on lui parle, il répond, mais afflige.
L'autre jour, son valet s'expose à l'irriter :
Le reproche lui coûte, et, loin de s'emporter,
Il saisit gravement son bambou de la Chine,
Et d'un bras vigoureux lui caresse l'échine ;
Mais il revient ensuite, et, d'un air de bonté,
Le bâton à la main, parle d'humanité.

Près d'eux, ces raisonneurs qui masquent leurs visages,
Sages aux yeux des fous, sont fous aux yeux des sages.
Avares le matin et prodigues le soir,
Ils ne recevront pas un seul coup d'encensoir.
Mais je vois s'avancer trois joueuses coquettes,
Chez qui trente-et-quarante, et bouillotte et roulettes,
Enflâmant les joueurs, les galans confondus,
Ma foi, de tous les jeux sont les moins défendus.
De cette passion l'empire est détestable !
Comment peut-il, dis-moi, ce joueur indomptable,
Regarder sans pâlir, par l'espoir abusé,
Le pain de ses enfans sur un as exposé ?

— Fort bien ; mais tu pourras exempter de ta liste,

Ce d'Orbe, dont la gloire... — Allons, un duelliste!
Au reste de la terre un usage étranger,
Pour un mot, de sang-froid, force à s'entr'égorger;
Mais d'Orbe, avec plaisir, fit plus d'une victime.
— Il est vrai : cependant, le point d'honneur, l'estime..
— Le joli point d'honneur, qui, peut-être demain,
Te mettra contre moi les armes à la main!
Le duel est un crime aux yeux de la sagesse.
J'en eus un, toutefois, dans ma folle jeunesse...
— Comment, un philosophe?... — Il perdait la raison

A ton âge, dans Toul, j'étais en garnison :
J'y rencontre bientôt une beauté touchante,
Femme de vingt-sept ans, qui me plaît, qui m'enchante
Celimène est fort tendre, et moi fort amoureux;
Ma jeunesse la charme, et je me crois heureux.
Comme je m'installais, un monsieur Duranville,
Assez sot, mais pourtant des premiers de la ville,
Vient chez elle souvent, m'honore d'un salut,
Semble plaire à la dame, et cela me déplut.
Je le voyais en noir. C'est une connaissance
Ancienne, me dit-elle, et la reconnaissance,

L'estime... Un beau matin, monsieur, d'un air coquet,

Arrive, moi chez elle, et lui donne un bouquet,

Mais, d'un air si gentil, que... ma tête s'égare.

Il avançait la main; moi, sans lui dire : Gare !

Sans façon, zeste en l'air je fis sauter les fleurs.

Il s'emporta, j'offris, devant la dame en pleurs,

De le faire passer aussi par la fenêtre.

La belle est en syncope, et, sans nous reconnaître,

L'homme et moi, pleins d'ardeur, sur-le-champ nous sortons,

Nous volons au rempart, et là, nous nous battons.

Mon ami, je le tue... Hélas ! mauvaise tête,

J'ai tué ce brave homme, un citoyen honnête ;

Cet homme, à qui, je crois, l'on n'avait jamais dit

Un mot plus fort que l'autre, une fleur le perdit !

Dieu sait où sa pauvre âme aura passé... Mes larmes

Ont mille fois coulé sur ce triste fait d'armes :

Lors d'un pareil combat j'étais à mon printems,

Il m'arrache des pleurs encore après trente ans...

Sais-tu bien ce que c'est que de tuer un homme ?


— Et toujours, dans le monde, un duel vous renomme !

Sans doute, le remords est un beau sentiment ;

2*

Mais nous sommes au bal pour y causer gaîment.

Vois-tu ce fier Gascon, que la foule environne ?

Moi, j'en ai tué sept le long de la Garonne,

Dit-il : j'ai la main preste, et le coup d'œil très-sûr ;

Je les ai tellement aplatis contre un mur,

Ces pauvres diables-là, qu'ils avaient tout l'air presque

De figures en pied, comme on les peint à fresque.

Observe, sur ses pas, Luxeuil et Florival :

Pour Céline, chacun de l'autre est le rival ;

D'un grenadier superbe ils ont le port, la taille ;

Tous deux, accompagnés, sur le champ de bataille,

D'un air majestueux on les vit dégaîner,

Et bientôt Florival... paya le déjeuner.

— Qui t'a donné le droit de chasser dans ma terre,

Jerseuil?... Ce mameluck, armé d'un cimeterre ;

Que je crois de fer-blanc, c'est un ex-fournisseur,

Un vampire des camps dans un temps opresseur.

Le sort capricieux, qui le prit dans la boue,

Par un juste revers, peut retourner sa roue.

Il tait, comme le Nil, la source de son bien :

Je me crois trop heureux s'il épargne le mien.

En vain de ces Midas la marche est déguisée,

Ils perdront leur fortune, ils l'ont improvisée.

Petit-maître émérite, élégant du vieux temps,

Merteuil n'a point franchi trente fois deux printemps :

Avec ces cheveux noirs il a de l'énergie ,

Et s'habille en Pierrot de la Fausse Magie.

Tel de soixante hivers atteste le courroux,

Qui, d'une main ridée, écrit un billet.doux,

Fredonne à la beauté, qui tourne sa cervelle ,

D'une tremblante voix l'ariette nouvelle.


Près de lui , ce jeune homme , au langage mordant ,

S'avance en père noble , avec son air pédant.

Aussitôt qu'on l'aborde , on lit sur son visage

D'un esprit vain et faux l'infaillible présage.

Au petit Sélicour il ne ressemble pas,

Et partout l'imprudent lui dispute le pas :

C'est le plus grand des fats, qui fort en épigrammes,

Pour se faire citer , déshonore vingt femmes ;

Qui , se faisant un jeu de tant de fausseté,

Donne à ce qu'il leur dit un air de vérité.

Jerseuil, de son humeur la tienne s'accommode...


— Chacun doit l'admirer, puisqu'il est à la mode.

u ne m'épargnes guère , avec ce ton plaisant;

Mais je paie un tribut à l'esprit médisant.

La sincère amitié, comme le droit d'aînesse,

Te donnent bien celui d'éclairer la jeunesse.

— Ami du plaisir vrai, loin de le déprimer,

Moi, je voudrais l'instruire au contraire à l'aimer;

Je voudrais que, guéri d'illusions sans nombre,

Seulement, on le sût distinguer de son ombre;

Que, laissant moins les sens y conduire à leur gré,

Un penchant délicat y menât par degré;

Et non que le jeune homme, en commençant à naître,

S'y livrât en aveugle, avant de le connaître;

Ou que, l'ayant connu, l'homme en maturité,

L'oubliât avant terme, et sans l'avoir goûté.


— Voilà ce qu'on apelle une douce morale !

— Quand ma censure, ami, redevient générale,

C'est à l'aspect des fous, des faquins imposans,

Des odieux flatteurs, des fades courtisans.

J'aperçois, à propos, d'Ombreval... Il protége,

Étant bien à la cour, et dit à son cortége :

Espérez... soyez sûr... en honneur... l'on pourra...

Je voudrais... trop heureux... ma parole... on verra...

Et ce nain, pour singer les seigneurs d'importance,

Se guinde pesamment au haut de leur puissance.

L'intérêt pour son cœur est la première loi;

Protégeant tout le monde, il ne chérit que soi.

Que dis-je? à Rosina son orgueil rend les armes :

Comme elle s'aplaudit du pouvoir de ses charmes !

Par sa coquetterie il se laisse abuser;

Pour en perdre le goût, il n'a qu'à l'épouser.

Admire ces beautés, ces graces éternelles :

Va, du nombre des gens qui sont bien avec elles,

On n'excepte aujourd'hui que leurs tristes époux.

Eh! que ne puis-je en faire un éloge plus doux !..

Ce n'est pas comme un fat, un censeur empirique,

Que je lance les traits du carquois satirique.

Le vice, fier despote, a trop de favoris :

Avec quelle insolence il règne dans Paris !

Comme il y pèse tout au poids de sa bassesse !

La franchise déplaît, l'honneur paraît faiblesse;

L'esprit n'est qu'un moyen, l'amour n'est qu'un poison;

Le calcul règle tout, et se nomme raison.

De coupables parens, fils encor plus coupables,

Nos superbes Médor d'aimer sont incapables :

Dans leur sang épuisé d'un plaisir suborneur,

La débauche a tari les sources du bonheur.

Loin des pensionnats, leurs pauvres Angéliques

Vont faire trève un jour à leurs goûts faméliques :

La bouche promet tout, le cœur ne promet rien;

L'intérêt fit son choix, l'amour fera le sien.


— Tu suposes du moins, et c'est avec prudence,

Que ce fripon d'amour ne l'a pas fait d'avance...

— Ah! si l'on exigeait de tout objet charmant,

Qu'il n'eût, avant l'hymen, jamais connu d'amant,

Ce serait ruiner les trois quarts des notaires,

Et l'on ne verrait plus que des célibataires.

L'opulence tient lieu de l'honneur qui n'est plus;

Tout est bon pour l'hymen, excepté les vertus.


Ce bruit, toujours croissant, me trouble la cervelle.

L'on nous donne par mois une pièce nouvelle :

Jerseuil, à la première on pourra se revoir?

— Puisse, mieux que Fréron, Lekain t'y recevoir!

—Qu'importe?.. Dans ce cirque, où brille un autre Orph

J'aspire au doux repos que prodigue Morphée;

Et je vais, te laissant où règne le bon ton,

Provoquer ses faveurs, muni d'un feuilleton.

# LE GRONDEUR.

## SATIRE IV.

### LITTÉRATURE.

*Qui ne raisonne point ne pardonne jamais*

Oui, Jerseuil, à prix d'or, de peur d'être en arrière,
Du Théâtre français j'ai franchi la barrière.
Quelle foule, bon dieu!.. Mais, j'entre, et cette fois,
Au rendez-vous donné dès l'abord je te vois.
Tu devais bien aussi retenir une loge...
— Comme je te connais prodigue de l'éloge,
Tu l'adresseras mieux, du haut de ce balcon,
A ces nombreux enfans du fertile Hélicon.
— J'en vois déjà plus d'un, qui se prétend illustre.
Tandis que vers le cintre on éclaire ce lustre,
Causons un peu théâtre... — On parle d'un acteur
Qui débute. — Faux pas. Après?.. D'un jeune auteur,

Prenant un vol immense avec sa tragédie.

— Chute. — La pièce fut, dit-on, fort aplaudie.

— Par ses amis. — L'esprit, qui seconde Erato,

Dans les vers d'opéra se montre... — Incognito.

— Vingt chefs-d'œuvre nouveaux aux Français...—Quel mensonge !

— Leurs auteurs jouiront d'un beau succès...—En songe.

J'ai lu dans un avis d'un gros restaurateur,

Que son vin ordinaire est de Nuits... l'imposteur !

— D'ouvrages bien conçus possédant une rame ,

Vengeant la comédie, et proscrivant le drame,

Le goût va désormais régner à l'Odéon.

— Ce théâtre est un peu voisin du Panthéon.


— Nos acteurs sont unis, autant que nos actrices ,

Et très-polis envers les muses protectrices.

Je le tiens d'un auteur que l'on accueille... — Il ment,

Ou bien, l'on aura fait un nouveau réglement.

— Parbleu , je l'entrevois dans sa loge grillée...

—C'est Roch !.. De lambeaux grecs sa muse est habillée.

L'autre jour, près de lui , je déplorais , hélas !

L'insuccès éclatant qu'obtint son Ménélas.

Pénétré comme lui de son sort lamentable,

J'en ai voulu savoir la cause véritable :

Je ne la trouvai point dans le jeu des acteurs,

Je ne pus accuser le goût des spectateurs,

Et, malgré la chaleur qui pour lui m'intéresse,

Je m'aperçus du froid qui règne dans sa pièce.

Ami, vous n'êtes plus dans la jeune saison,

Lui dis-je, et d'un tel coup c'est l'unique raison.

A répondre à nos vœux Melpomène est moins prête,

Lorsque soixante hivers ont blanchi notre tête.


Cette langueur pénètre aussi plus d'un cerveau,

Qui semblait annoncer un Voltaire nouveau.

L'auteur froid, qui veut peindre une amoureuse flame,

Cherche en vain dans l'esprit ce qu'il n'a point dans l'âme.

Hécube, au désespoir, déplore son malheur ;

Son langage peint tout, excepté la douleur.

On aplaudit d'abord ces drames insipides,

Que produisent souvent des Pradons intrépides ;

Mais l'imprimeur bientôt leur donne le trépas.


— Tu ne peux admirer ... — Ce que je n'entends pas.

— Lorsqu'un nouveau génie abandonne la règle,

3

C'est que, las de ramper, il plane et devient aigle.

— Qui frise de si près le céleste flambeau,

A dans la mer d'Icare un humide tombeau.

Combien de ces amans des vierges d'Aonie,

Sont engraissés d'orgueil, et maigres de génie !

— Le mérite, à tes yeux, n'ose-t-il éclater,

Sans pousser ta malice à le persécuter ?

— On voit bien, à l'aspect de leur petite gloire,

Que Boileau ne vit plus qu'au temple de mémoire.

— L'esprit est leur partage, et l'on peut sur ce point. .

— L'esprit se laisse voir, et ne se montre point.

L'un verse fièrement, dans ses œuvres fardées,

Un déluge de mots sur un désert d'idées.

L'autre chante la gloire en style ténébreux ;

Nul goût, point de chaleur dans ses vers trop nombreux

Ses obscures beautés qu'il trouve naturelles,

Aux savans à venir préparent des querelles,

Si le nouveau Ronsard, par la mode établi,

Avant un lustre encor ne tombe dans l'oubli.

Jerseuil, si ma critique étoit moins débonnaire,

Elle te donnerait un beau dictionnaire

De mille auteurs divers , célèbres de nos jours ,

Qui ne peuvent instruire , et composent toûjours.

D'Aube arrange si bien les points et les virgules ,

Qu'on l'apelle , à bon droit , docteur en particules.

Puriste , s'il en fut , moins français que germain ,

Poliment il vous dit : « Ce langage inhumain ,

Pèche contre la langue , insulte son génie ,

Fait gémir la grammaire et détruit l'harmonie ».

Cet élève d'Urbain , qu'en riant j'agaçais ,

Me fit peur , en criant : Cela n'est pas français.

J'osai lui démontrer , sans garder l'anonyme ,

Qu'il brodait chaque phrase au moins d'un synonyme.

Sans faire trop de bruit , d'Aube répond : Il faut ,

Toutefois , observer que ce léger défaut ,

Pour lequel d'un travers le vulgaire me taxe ,

Prouve au moins que je suis versé dans la Syntaxe.

Et mon homme à ses lois donnant un libre cours ,

Sans cesse , avec orgueil , affiche un nouveau cours.


Se vantant d'un savoir réel ou chimérique ,

Paul s'embarque à grands frais sur la mer historique ,

Et , montrant son latin , dont toujours il s'arma ,

Sur des événemens plus anciens que Numa ,

Il paraît des métaux reconnaître le type ,

Se prétend de l'histoire et le juge et l'Œdipe :

Il n'a que du mépris pour qui veut raisonner ,

Et ne voit rien de grand que l'art de deviner.


Luc , nouvel Ixion , se gêne , se déchire ,

Pour accorder un jour l'ère grec et l'hégire.

Où peuvent aboutir ses travaux importans ?

A tracer au hasard les époques des tems.

Ivre d'un orgueilleux et louche rabinisme ,

Comme une erreur mortelle , il craint l'anachronisme.


Dérisus nous aprend , par un pompeux jargon ,

Que des plus érudits il est le parangon.

Cet Arabe français , ce fameux Philologue ,

Parle hébreu , cophte , grec , et sans cesse épilogue.

De Racine les vers pour lui n'ont rien de beau ;

Faisant fuir la raison , il éteint son flambeau.

Un centon , hérissé de citations grecques ,

L'installe avec honneur dans nos bibliothèques.

Du pas sur les Bardus tous viennent s'emparer ,

Et peut-être, comme eux, ne sont bons qu'à parer
Ces temples du génie, où la gloire éphémère
Met souvent un Ronsard à côté d'un Homère.


— Peste! nouvel Omar, dans ta malignité,
Des muses de nos jours tu t'es bien écarté!
— J'y reviens : Vois d'Erfeuil, très-fidèle à la brigue,
S'il a peu de talens, il a beaucoup d'intrigue.
Vers le sommet du Pinde il s'étoit élancé :
Il déclame partout son poëme glacé,
Écrit trop à l'insu des nymphes de mémoire,
Couronné sans prudence, et publié sans gloire.
Mais sur ce piédestal il n'est point soutenu ;
Ote-lui son orgueil, il restera tout nu.


Du monotone Armin la voix toujours égale,
Ressemble aux cris aigus que jete la cigale,
Lorsqu'en un jour d'été, sur le haut d'un buisson,
Elle vient dans les champs annoncer la moisson.
Tout son génie enfin, confiné dans ses rimes,
Didactique et pesant, s'évapore en maximes.


Le renom de Florbel est encor clandestin :

Quand il sera connu , quel sera son destin ?

Ne repose-t-il pas sur un poëme épique !

Oui , le prix qu'il reçut à la salle olympique ,

Pour long-tems l'a soudain de gloire environné.

Fier du laurier flatteur dont il fut couronné ,

D'ailleurs , n'a-t-il point fait sept à huit mélodrames ,

Qui , du plus beau succès , soit dit sans épigrammes ,

Jouissent tous les jours au modeste Ambigu ?

Ce genre de mérite est assez exigu ;

Mais l'Odéon est pauvre en pièces bien exactes ,

Florbel va l'enrichir d'un ouvrage en cinq actes.

C'est fort , et là dessus il devroit réfléchir

Que tel périt de faim , sans pouvoir l'enrichir.


— Aussi-bien que frondeur , je te crois fataliste ...

Moi , j'observe , d'après un sage journaliste ,

Que les seuls écrivains , faibles ou négligens ,

Végètent malheureux , et meurent indigens.

Tel poète , jadis , à la misère en proie ,

En essuyant ses pleurs , voulait peindre la joie.

Aujourd'hui l'art des vers , ce langage des dieux ,

Conduit à la fortune , au fauteuil radieux.

La rive Aganipide offre un port salutaire

A mille auteurs ... — Qui sont tout autant de Voltaire !

Bien que ton argument soit une vérité ,

Est-ce qu'un journaliste est une autorité ?

Tout ce qu'on dit paraît rempli d'incertitudes,

Quand dans les feuilletons on a fait ses études.


— C'est ainsi qu'un grondeur ménage ses amis !

— Si , cultivant les dons qu'en toi le ciel a mis ,

Tu fais un bon ouvrage , au talent de le faire

Il faudra joindre encor celui de t'en défaire ;

Et s'il n'est pas vanté , prôné dans les journaux ,

La mode à son débit ferme tous les canaux.

Or , nos plus grands auteurs n'ont aucun privilége ;

Un écolier les juge , en sortant du collége.

Parlerons-nous aussi de cet original ,

Qui se croit un oracle, et rédige un journal ?

Jeune homme , dédaignant le meilleur Aristarque ,

Ne lis jamais Fréron , et lis souvent Plutarque.

Que dire des pédans , à l'esprit mensonger ?

En croyant tout savoir , ils osent tout juger.

C'est ainsi que chez nous de la gloire on décide ;

On exalte un Pygmée , on censure un Alcide.

— Voltaire goûte en paix son immortalité ;
Fréron n'existe plus ... — Il n'a pas existé.
Que fait au vrai talent la censure futile ?
L'injustice révolte , et n'est jamais utile.
Par sa fureur de mordre , Argand se croit fameux ;
Mais il tombe à la fin dans les flots écumeux
De ce Léthé vengeur , qui chaque jour entasse
Les singes de Zoïle et les singes du Tasse.
Malgré ses détracteurs , Voltaire est immortel ;
Pour les amis du goût sa tombe est un autel.
L'acier, d'un vil serpent ne craint pas les morsures ,
Et le génie échape à de vaines censures.

—Quel frondeur !.. Mais l'on peut, dans ses réflexions,
Faire , par équité , quelques exceptions :
Plus on est éclairé , moins on doit être injuste.
— Faut-il à ton humeur que la mienne s'ajuste ?
— Celui qui juge tout , et veut tout corriger,
Devrait-il , sans prudence , au péril s'engager ?
Tel s'emportait jadis en critiques pareilles ,
Qui souvent de Midas n'obtint que les oreilles.

— Il enfonce le trait ... Je le dis franchement,
Et loin de m'en fâcher, tu frondes joliment.

— Des plus heureux essais acquittant la promesse,
Que de nouvelles fleurs fait briller le Permesse !
Et, mûrissant bientôt sous l'œil des chastes Sœurs,
Que de fruits savoureux vont naître de ces fleurs!

— Dans nos jardins anglais, chinois, toujours arides,
Je ne vois pas briller l'arbre des Hespérides.
Mais, le goût se réveille ... Eh bien, soit, j'y consens :
Les vers n'oseront plus outrager le bons sens,
Et l'auteur le plus nain nous présage un grand homme ;
L'orateur parlera comme on parlait à Rome ;
Le poëte saura, libre dans sa prison,
Assujétir la rime au joug de la raison ;
L'acteur sera modeste, et l'actrice sévère ;
Chaque danseur suivra les traces de Novère.
Les jeunes gens, polis et pleins d'urbanité,
Aimeront la vertu, pour plaire à la beauté ;
Nos Lulli reviendront à la douce harmonie ;
Le critique ..... — Malgré ta mordante ironie,
Présentant du bon goût le miroir lumineux,
Sait aplanir du beau les chemins épineux.

3*

Pourquoi singer Durvil, cher à la médisance ?

— Je n'ai pas, il est vrai, ta molle complaisance.
Ami de la justice et de l'humanité,
J'oserais à la cour dire la vérité.
— Le sage fronde et rit, le tartufe déclame :
Toujours franc, le premier parle du fond de l'ame;
Philosophe sans morgue, il est gai, complaisant,
Et sait l'art d'amuser, tout en moralisant;
Sans en être la dupe, il se plie à l'usage,
Et, sous l'homme du monde, il cache le vrai sage.
Je n'ai pas là, mon cher, retracé ton portrait,
Toutefois, avec lui chacun te confondrait,
Si, n'exagérant pas ta maligne censure,
Tu gardais, en jugeant, une exacte mesure.

— Oui, parfois, mon ami, je suis un peu frondeur,
Mais je parle du moins avec plus de candeur
Que ces noirs ennemis de la nature humaine.
Du vaste champ des mœurs exploitant le domaine,
Pourquoi, sans mission, irais-je m'aviser
De gourmander les sots et de moraliser ?
Cela ne convient plus par le tems où nous sommes;

Je renonce à l'honneur de régenter les hommes ,

Et veux sur leurs défauts me taire désormais :

Qui ne raisonne point ne pardonne jamais.

— Le plus sage a des torts , un aveu les expie.

— On peut se corriger de la misantropie ;

Mais le faux moraliste , aux dehors fastueux ,

Ne saurait devenir un homme vertueux.

Si mon pinceau fut libre en ses folles peintures ,

Et des originaux fit les caricatures ,

C'est qu'ils sont trop nombreux...Nous, pour cesser d'en voir,

Vivons seuls , et d'abord brisons notre miroir.

— Bien ! en attendant mieux , sur nous mêmes il tire.

— La Sagesse m'a dit d'abjurer la satire ;

Que la Folie au moins me prête son bandeau...

Mais le bruit du siflet fait lever le rideau :

Puisse-t-il , à la fin de cette comédie ,

Tomber seul , aux accens d'une autre mélodie !..

Jerseuil , tu vois déjà comme je suis changé ?

— Voilà ce qu'on apelle être bien corrigé !

www.ingramcontent.com/pod-product-compliance
Lightning Source LLC
Chambersburg PA
CBHW071250210626
46818CB00013B/727